SEM FIM, JOAQUIM

Ana Maria Machado
Ilustrações de Maria José Arce

Texto © ANA MARIA MACHADO, 2024
Ilustração © MARIA JOSÉ ARCE, 2024

Direção editorial Maristela Petrili de Almeida Leite
Coordenação de edição de texto Marília Mendes
Edição de texto Ana Caroline Eden
Coordenação de edição de arte Camila Fiorenza
Projeto gráfico Luisa Baeta
Ilustrações de capa e miolo Maria José Arce
Diagramação Cristina Uetake
Coordenação de revisão Thaís Totino Richter
Revisão Nair Hitomi Kayo
Coordenação de bureau Everton L. de Oliveira
Pré-impressão Ricardo Rodrigues, Vitória Sousa
Coordenação de produção industrial Wendell Jim C. Monteiro
Impressão e acabamento Log&Print Gráfica, Dados Variáveis e Logística S.A.
Lote 790391
código 120004613

Dados Internacionais de Catalogação na Publicação (CIP)
(Câmara Brasileira do Livro, SP, Brasil)

Machado, Ana Maria
Sem fim, Joaquim / Ana Maria Machado ; ilustrações de
Maria José Arce. – 1. ed. – São Paulo : Santillana Educação,
2024. – (Uni duni tê)

ISBN: 978-85-527-2918-1

1. Literatura infantojuvenil I. Arce, Maria José.
II. Título. III. Série.

23-175533   CDD-028.5

Índices para catálogo sistemático:
1. Literatura infantil 028.5
2. Literatura infantojuvenil 028.5

Cibele Maria Dias - Bibliotecária - CRB-8/9427

Reprodução proibida. Art.184 do Código Penal
e Lei 9.610 de 19 de fevereiro de 1998.

Todos os direitos reservados
EDITORA MODERNA LTDA.
Rua Padre Adelino, 758 - Quarta Parada
São Paulo - SP - Brasil - CEP 03303-904
Vendas e Atendimento: Tel. (11) 2790-1300
www.moderna.com.br
2024
Impresso no Brasil

SEM FIM, JOAQUIM

Ana Maria Machado
Ilustrações de Maria José Arce

1ª EDIÇÃO

Joaquim estava aprendendo a contar:
— Uma, duas, três bananas...
Ou então:
— Quatro pipas no céu...

Contou as velas no bolo de aniversário.
Agora já eram mais de cinco.
Precisava da ajuda dos dedos de outra mão.

Cada dia aprendia mais um pouquinho.
– Oito, nove! Já guardei nove lápis de cor, mãe...
Aprendia rapidinho. Nem precisava contar com os dedos dos pés.

— Seis cachorros no caminho da escola! E dois gatos na porta da dona Lalá.

— São quantos bichos ao todo? — a mãe perguntou, para ver se ele estava mesmo sabendo.

— Onze! — respondeu ele, rindo.

E ANTES QUE ELA DISSESSE QUE SEIS MAIS DOIS ERAM OITO, JOAQUIM EXPLICOU:

— É QUE EU CONTEI TAMBÉM OS TRÊS PASSARINHOS POUSADOS NO FIO DO POSTE...

Quando eram muitas coisas, ele perguntava:
— Depois de vinte e nove, vem o quê, pai?
— Trinta!

E Joaquim seguia em frente, contando os degraus da escada.

Ou as janelas de todas as casas e edifícios da rua.

Daí a pouco perguntava:

— E depois de trinta e nove?

Na pracinha, Joaquim ficou querendo contar as folhas.

Eram tantas que ele ia perdendo a conta.

Às vezes, perguntava alguma coisa assim:

— Depois de noventa e nove, vem o quê?

Quando respondiam, já aprendia que aquilo continuava, como se começasse tudo de novo:

— Cento e um, cento e dois, cento e três....

Num dia em que não saiu de casa, ficou um tempão na janela contando os carros que passavam.

E mais as motos. E as bicicletas. Tantas, tantas...

Até chegar em novecentos e noventa e nove. Então quis saber:

— E depois, o que vem?

— Mil — respondeu a mãe. — E mil e um, mil e dois... Continua, começando tudo de novo....

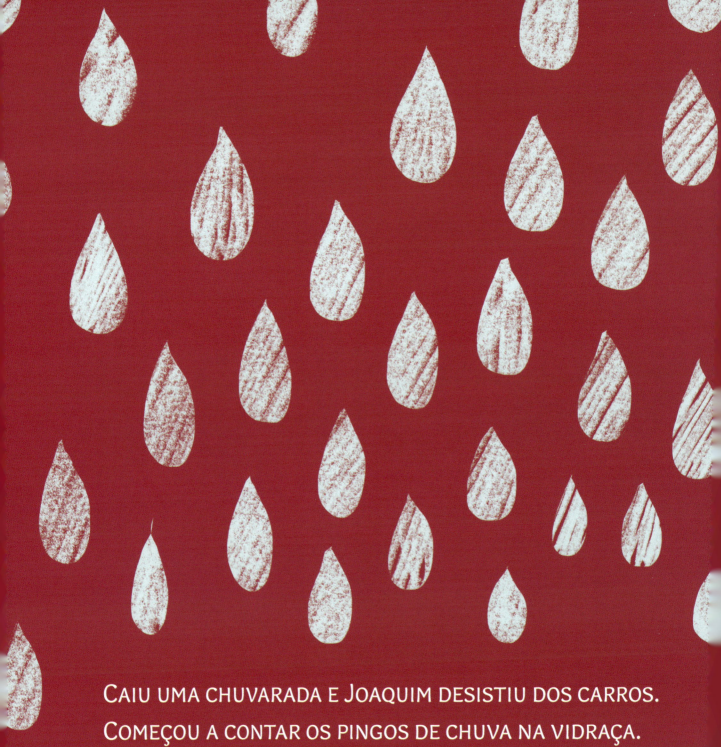

Caiu uma chuvarada e Joaquim desistiu dos carros. Começou a contar os pingos de chuva na vidraça. Queria saber como seria se contasse todos os pingos, de todas as vidraças da casa. E dos vizinhos. E da rua toda... Ficava imaginando:

— Dois mil e vinte e cinco, dois mil e vinte e seis...

Onde aquilo ia parar?

Quando foram à praia, quis contar os grãos de areia.

— Deixa disso, menino — falou a mãe. — Grão de areia é infinito.

— Aproveita o mar, vai jogar bola, brincar com seu primo... — disse o pai. — É muito mais divertido.

Era mesmo. Joaquim parou de contar e foi brincar.

Mas não se aguentou e começou a contar os gols que cada time fazia:

— O jogo empatou. Foi cinco a cinco.

De noite, antes de dormir, lembrou daquela palavra nova que o pai havia dito e perguntou:

— O que é infinito?

— É alguma coisa que não tem fim — explicou o pai.

— Feito grão de areia na praia?

— É... Nem dá para contar.

— O que mais é infinito?

— Ai, Joaquim... Infinita é a sua perguntação sem fim...

O pai devia estar cansado e sem paciência. Era melhor dormir.

No dia seguinte, lá estava Joaquim de novo:
— Se alguém contar todas as folhas, de todas as árvores, de todas as ruas, de todas as praças, de todos os matos... vai ser infinito?
— Sei lá, acho que não, Joaquim. Leva muito tempo para contar. Ia ser muito, muito, muito... Mas se alguém conseguisse, um dia teria fim.

Será que então era assim?

Desse jeito, se alguém conseguisse, quase tudo um dia tinha fim.

Menos todos os grãos de areia...

Ou todas as gotas d'água do mundo...

Ou todos os fios de cabelo de todas as pessoas...

Que mais?

Joaquim começou a achar que quase nada era infinito. Era só muito, muito, muito...

Mas talvez desse para contar, se fosse muita gente contando.

Até que descobriu e saiu aos pulos pela casa:
— Já sei! Descobri outra coisa infinita!
E anunciou para a família:
— A coisa mais infinita do mundo! Uma coisa que não acaba nunca! Os pensamentos da minha cabeça...

Os pais acharam graça. E dessa vez concordaram:

— Ah, isso não tem fim mesmo.

E a mãe completou:

— Tem outra coisa sem fim. Quer saber o que é? Chega aqui perto de mim.

Deu um abraço apertado nele e explicou:

— Infinito é este amor assim, SEM FIM, que a gente tem pelo JOAQUIM.

AUTORA E OBRA

Ana Maria Machado é carioca, tem três filhos e mora no Rio de Janeiro, cidade que adora. Na vida de Ana Maria, os números são sempre generosos. São mais de cinquenta anos de carreira, mais de cem livros publicados no Brasil e em mais de dezessete países, somando mais de dezoito milhões de exemplares vendidos. Os prêmios conquistados ao longo da carreira de escritora também são muitos, tantos que ela já perdeu a conta. Tudo impressiona na vida dessa carioca nascida em Santa Tereza, em pleno dia 24 de dezembro.

A escritora vive viajando por todo o Brasil e pelo mundo inteiro para dar palestras e ajudar a estimular a leitura. Tem prática de falar com muita gente. Afinal, depois de se formar em Letras, começou sua vida profissional como professora em colégios e faculdades. Também já foi jornalista e livreira. Desde muito antes disso, é pintora e já fez exposições no Brasil e no exterior.

Mas Ana Maria Machado ficou conhecida mesmo foi como escritora, tanto pelos livros voltados para adultos como aqueles voltados para crianças e jovens. O sucesso é tanto que em 1993 ela se tornou *hors-concours* dos prêmios da Fundação Nacional do Livro Infantil e Juvenil (FNLIJ). Finalmente, a coroação. Em 2000, Ana Maria ganhou o prêmio Hans Christian Andersen, considerado o prêmio Nobel da literatura infantil mundial. E em 2001, a Academia Brasileira de Letras lhe deu o maior prêmio literário nacional, o Machado de Assis, pelo conjunto da obra.

Em 2003, Ana teve a imensa honra de ser eleita para ocupar a cadeira número 1 da Academia Brasileira de Letras. Pela primeira vez, um autor com uma obra significativa para o público infantil havia sido escolhido para a Academia.

Porém, a escritora garante que sua maior recompensa será, sempre, um leitor atento, que consiga entender bem suas histórias, onde quer que ele esteja. Porque ela acredita que essa é a grande magia do livro – aproximar pensamentos, ideias e emoções de pessoas que vivem distantes, às vezes em épocas diferentes. Gente que nem se conhece e de repente fica como se fosse amiga por causa daquelas palavras escritas.

LEITURA EM FAMÍLIA
Dicas para ler com as crianças!
http://mod.lk/leituraf